LE BONHEUR,

ÉPITRE A UN AMI,

PAR

M. Ph. BENOIT.

LYON.

IMPRIMERIE DE LÉON BOITEL,

QUAI SAINT-ANTOINE, 36.

1845.

LE BONHEUR.

LE BONHEUR,

ÉPITRE A UN AMI,

PAR

M. Ph. BENOIT.

LYON.

IMPRIMERIE DE LÉON BOITEL,

QUAI SAINT-ANTOINE, 36.

—

1845..

LE BONHEUR.

—

Épître à un ami,

PAR M. PH. BENOIT.

—

A quoi peut aboutir, mon ami, dites-nous,
Cette nouvelle ardeur qui s'empare de vous?
Quel desir insensé vous presse, vous dévore?
Vous avez cinquante ans et poursuivez encore
Ce rêve de la vie appelé le bonheur!
    Comme vous, entraîné par cet instinct du cœur
Qui nous berce longtemps sous le nom d'espérance,
Je croyais, dans ma jeune et naïve ignorance,
Je croyais que le ciel, en un jour d'abandon,
Peut-être avait jadis, pour preuve de pardon,
Fait surgir, à l'écart, sur de lointaines rives,
Pour les cœurs pleins de foi, cette source d'eaux vives,
Source de vrai bonheur dont j'étais altéré.
Ignorant toute chose et du monde ignoré,
Mais croyant tout savoir, alors c'était l'usage,
(La jeunesse aujourd'hui est modeste et plus sage),
Plein d'espoir et d'ardeur je me mis en chemin ;
Hélas ! plus je marchais, plus j'étais incertain ;
Je revins sur mes pas, mais je fis fausse route ;

1

En cherchant le bonheur, je rencontrai le doute,
Le doute au dur regard, monstre affreux, abhorré,
Le doute au cœur chagrin et toujours ulcéré,
Juif-errant au moral, mettant tout en problême,
Le vice, la vertu, Dieu, le monde et lui-même.

Après avoir ainsi bien longtemps voyagé,
Je revins au logis triste, découragé,
Trompé dans mon espoir, le front chargé de rides,
La soif toujours au cœur et les lèvres arides.
Mes efforts étaient vains, je le compris trop tard :
Le bonheur absolu n'est ici nulle part,
Ou, si parfois, en route, on croit saisir sa trace,
C'est comme un songe ailé que le réveil efface.

Moins crédule que moi, serez-vous plus heureux ?
Vous voulez conquérir ce bien si précieux,
Nouvelle toison d'or, et, timide Argonaute,
Au moment du départ, vous chercher un pilote !
Contre tous les dangers encor mal affermi,
Vous demandez conseil ; volontiers, mon ami.
La route où vous marchez, déjà je l'ai suivie;
Je consens, pour vous seul, à remonter la vie,
A revoir en idée, amarré dans le port,
Le vaisseau pavoisé que le zéphyr endort.
Allons !.. la voile s'enfle.... au large !.. et du courage.

Le navire superbe abandonne la plage,
Le vent est favorable, et l'humide élément
Sur ses flots irisés le berce mollement.
L'étoile brille aux cieux, et plein de confiance
Vers des lieux inconnus le pilote s'avance.
Que craint-il ! tout est calme. Ah ! le calme est trompeur.
De la foudre bientôt sinistre précurseur,

L'éclair, fendant la nue, annonce la tempête.

A lutter cependant le pilote s'apprête :

Hier encore, imprudent, présomptueux, léger,

Il comprend aujourd'hui la grandeur du danger.

Sous ses pieds est l'abîme : emporté par l'orage

Sur l'écueil que la nuit dérobe à son courage,

Il regarde en arrière, et, regrettant le port,

Honteux, humilié, cherche à virer de bord,

Trop tard, hélas! trop tard ; le navire s'entr'ouvre,

Lutte encor, mais en vain; la mer monte et le couvre.

Suivez-le jusqu'au bout... il a bien manœuvré!

Un phare apparaîtra lorsqu'il aura sombré.

Mais revenons ; je dois, quittant la métaphore,

Ne plus blesser vos yeux d'une image incolore,

Simulacre trompeur de la réalité.

Tous deux, de bonne foi, cherchons la vérité.

A vingt ans tout est bien : la terre rit et chante.

Le bonheur, c'est la vie avec sa sève ardente

Qui fait gonfler le cœur en enflammant les sens

Et monter au cerveau mille desirs naissants.

Pour le jeune homme, alors qu'aucun doute n'arrête,

Le bonheur est partout ; il germe dans sa tête,

Il l'écoute, il l'entend dans le chant des oiseaux,

Le silence des nuits, le murmure des eaux ;

Dans le parfum des fleurs son ame le respire,

Il plane au haut des cieux dont la splendeur l'attire ;

La brise le soupire, et le soir, dans les bois,

L'écho pour lui répondre emprunte encor sa voix.

Quelle fée a produit ce phénomène étrange?

—Une femme a paru sous la forme d'un ange ;

Un regard, un sourire ont soudain transformé

Un stérile désert en vallon parfumé.

Attiré par la voix qui le charme et le guide,

L'homme, nouveau Renaud, retrouve une autre Armide.

Ah ! le bonheur sans doute est là ; mais pour un jour...

Jeune homme, du réveil éloignez le retour...

Couronnez-vous ce soir de myrte et d'asphodèles...

Demain !... comme l'amour le bonheur a des ailes ;

Le bonheur naît du cœur, c'est l'enfant du desir,

Il cesse d'habiter où règne le plaisir.

— Mais que devient Renaud ? — Oh ! je puis vous le dire :

L'ennui le prend au cœur, son Armide soupire

Et mesure le temps ; leurs regards abattus

Se rencontrent encor, mais ne se cherchent plus.

La coupe de nectar qu'au matin de la vie

Pour tout le jour le ciel avait pour eux remplie,

Lentement, goutte à goutte, ils devaient y puiser,

Imprudents ! en une heure ils ont su l'épuiser.

Infortunés tous deux, où chercher le coupable ?

Je ne sais ; mais Armide est toujours adorable.

De l'inconstant Renaud elle se plaint aux Dieux,

Doucement elle essuie à l'écart ses beaux yeux,

Jette sur l'avenir un regard de prudence,

Et, laissant à l'amour le soin de sa vengeance,

A l'ingrat qui l'oublie elle donne congé.

C'est bien ; un jour plus tard lui-même aurait changé.

    Quoi ! tous deux à la fois ! quel horrible scandale !

Quoi ! pour tous deux déjà sonne l'heure fatale !

Ces deux enfants du siècle étaient-ils incompris ?

Des rivaux nulle part ; qui donc les a trahis ?

— C'est ce besoin du cœur qui toujours nous égare,

Qui promet toujours tout comme fait un avare,

Et prétend recevoir plus qu'il ne peut offrir :
La vie ainsi commence et doit ainsi finir.

Du bonheur, à vingt ans, si j'ai bonne mémoire,
Voilà, mon vieil ami, la véridique histoire ;
Ce bonheur, comme moi, qui ne l'a pas rêvé ?
Mais ce rêve, pour vous, est, je pense, achevé.

Avançons dans la vie. A trente ans, le cœur vide,
Mais de bonheur toujours de plus en plus avide,
L'homme sur son passé reporte un souvenir,
Puis marche et s'abandonne au vent de l'avenir.

A ses yeux se déroule une carrière immense:
Gloire, fortune, honneurs, titres, grandeurs, puissance,
Tour à tour devant lui, sous forme de drapeaux,
Agitent leurs pompeux et brillants oripeaux.
Le drapeau de la gloire est celui qu'il préfère,
La gloire d'être auteur, la gloire littéraire.
A l'œuvre donc !... Soudain, au fond de l'atelier,
Il fatigue sa plume à noircir du papier ;
Un volume est forgé, puis un autre volume,
C'est Vulcain nuit et jour frappant sur son enclume.
Il rentre dans le monde après deux longs hivers
Colportant en tous lieux ou sa prose ou ses vers.
Le livre, qu'en dit-on ? est-il bon ? beau problème !
Il est parfait ; l'auteur le déclare lui-même,
Tout bas, timidement et non pas sans rougir.
La gloire est là... Comment l'en fera-t-il surgir ?
Car tout modeste auteur content de son mérite,
N'est pas longtemps charmé d'une gloire inédite.

Patience... attendons... Tout s'achète à Paris,
Tout, jusqu'à la vertu : là, rien n'est hors de prix.
Un éditeur prudent adopte votre ouvrage,

Il l'imprime... à vos frais... Contre ce bel usage
Vous, auteur sans renom, n'allez pas vous heurter ;
Vous voulez de la gloire, il vous faut l'escompter.

    Voyez ! la renommée embouche sa trompette ;
D'un siècle de progrès vous voilà l'interprète.
« Quel précoce talent ! quels accents chaleureux !
« Quelle verve ! quel style incisif et nombreux !
« Dans cette œuvre où la grace à la force est unie,
« Chaque page révèle un sublime génie. »
    Ainsi parle de vous la presse aux ailes d'or.
Vous lisez... relisez... et vous doutez encor.
Mais la chose est écrite en encre indélébile ;
Croire en votre génie est-il si difficile ?
Croyez. A la louange encor peu façonné
Si de tant de succès vous êtes étonné,
Vous aurez tort, mon cher, car ce triomphe insigne,
L'éditeur aux journaux l'a payé tant la ligne.

    Ainsi vous grandissez : demain, au point du jour,
Votre nom brillera sur chaque carrefour.
De la gloire et de l'or ! quel superbe héritage !
Mais l'éditeur est là, réclamant le partage ;
A lui le vil métal, la vente, le produit;
A vous le reste, à vous la gloire, un peu de bruit.

    J'en conviens, toutefois, j'en conviens, votre livre
Sans ces honteux moyens eût mérité de vivre,
Il vivra.... comme vit une œuvre de nos jours,
Comme ont vécu jadis vos premières amours.
Durant ce temps goûtez le fruit de la victoire ;
Enivrez-vous, rêvez de bonheur et de gloire,
Hâtez-vous ; un démon, hélas ! veille à l'écart.
Après le songe heureux viendra le cauchemar,

Le *cauchemar critique* épouvantable, horrible,
Qui des fibres du cœur saisit la plus sensible,
La fibre de l'orgueil, et la tord sans pitié.
  Il vient, il est venu. L'auteur privilégié
D'un malin feuilleton avec le jour s'éveille ;
Il a digéré mal, ou mal dîné la veille,
Ou son dernier chef-d'œuvre aux Français présenté,
N'a pas été compris du public hébété,
Et les fâcheux éclats d'un instrument sonore
Jusque dans ses foyers le poursuivent encore ;
Ou bien, sa jeune femme a, sans songer à mal,
Imprudemment loué l'ouvrage d'un rival.
Enfin le temps est sombre, autre cause indigeste :
L'auteur, dis-je, se lève, et, par un sort funeste,
C'est vous, infortuné, qui tombez sous sa main ;
Il ouvre votre livre. O critique inhumain !
Employant tour à tour l'innocent artifice,
Le ridicule amer, l'esprit et la malice,
La sanglante ironie et même la raison,
Sa plume en se jouant distille le poison ;
Sans pitié, sans remords, dans son humeur tigresse,
Avec un art profond le bourreau vous dépèce.
Ce livre, fruit mûri par deux ans de travaux,
Une heure lui suffit pour le mettre en lambeaux.
La France pour jamais de votre gloire est veuve,
A moins qu'un jour, peut-être, un autre Sainte-Beuve
Etourdi des clameurs de nos petits enfants,
Par l'exemple des morts châtiant les vivants,
Pour établir entre eux un piquant parallèle,
N'invoque à son secours votre gloire mortelle,
Et, fouillant dans la tombe où dorment tant d'écrits,

De vos restes poudreux n'exhume les débris.

« Halte-là, direz-vous, la gloire que j'envie

« N'est pas celle qu'on jette à l'homme après sa vie ;

« C'est la gloire du jour et la presse y conduit.

« En montant au pouvoir la fortune nous suit,

« Puis un bonheur facile arrive de lui-même. »

— Très bien. J'approuve fort votre nouveau système ;

Essayez. Ce moyen a réussi souvent.

Mais avant tout, mon cher, voyez d'où vient le vent.

Eh ! d'abord, désertez la presse de province,

Immense est son talent, mais son format est mince,

Et ne saurait conduire à la célébrité.

Courez donc au foyer de la publicité ;

Là, d'un journal géant soyez l'auxiliaire,

Attelez-vous au char d'un futur ministère;

En voyant le même homme au pouvoir cramponné

Durant cinquante mois, le monde est étonné.

Pour mettre votre barque à l'abri du naufrage,

Changez, changez souvent de guide et d'équipage.

En France, qui ne sait que depuis quatorze ans

Les *futurs* d'aujourd'hui demain seront *présents*.

Ma foi, la chance est belle et le moment propice,

Tanger et Taïti veulent un sacrifice ;

Futur, vous combattrez pour le drapeau Français,

Avec vous je suis peuple et je hais les Anglais,

Le triomphe est certain. — Mais après la bataille

Que fera le pouvoir ? — Bon, bon ! vaille que vaille

Suivez-le sans scrupule. Et qu'importe après tout ?

Le tour est fait, l'un tombe et l'autre est là debout ;

Voilà tout ce qu'il faut à notre belle France.

Vantez, mon cher, vantez la nouvelle puissance,

Exaltez ses talents et les vôtres aussi.

N'êtes-vous pas connu ? C'est encor mieux ainsi.

Vous ne serez soumis à nul fâcheux contrôle,

L'imbécille électeur vous croira sur parole ;

Dans un coin du journal dressez-vous un autel,

Encensez-vous, morbleu, comme font tel et tel ;

Retenez bien ceci, maxime assez bouffonne :

L'importance qu'on a vaut celle qu'on se donne.

Puis, le grand jour venu, vous sauterez d'un bond

Du bureau d'un journal jusqu'au palais Bourbon.

Vous voilà député. Bien. Ce n'est pas sans peine.

Désormais les faveurs vont pleuvoir par douzaine.

—Sur qui ? —Sur vous, mon cher ; le mérite avant tout.

Demandez au meunier pour qui, d'abord, il mout :

Pour lui, pour sa famille ; eh ! c'est d'un homme sage !

Il faut prévoir toujours la saison du chômage.

Puis, viendront les neveux, puis, les petits cousins,

Rusés provinciaux, race de patelins,

Espèce de levriers pour qui fut inventée

La machine à vapeur de nos jours tant vantée.

Vous les croyez bien loin... vous êtes tout surpris

De les trouver chez vous en rentrant dans Paris.

S'ils étaient entraînés par un noble mobile,

Les renvoyer chez eux serait, je crois, facile ;

Vous pourriez, mon ami, comme immense faveur,

Faire luire à leurs yeux le signe de l'honneur,

Mais le moyen ici d'user d'un tel système !

La croix, à des lourdauds qui savent leur Barême,

Comptent comme Rostchild, et n'ont pas oublié

Ce que vaut un écu deux fois multiplié ! ! !

Non, l'intérêt chez nous bien rarement s'abuse ;

Les cousins ne sont pas des enfants qu'on amuse
Au bruit vague et léger de coquilles de noix ;
Vous leur chercherez donc quelques petits emplois.
Hélas ! ce n'est pas tout. Le canton débonnaire
Qui vous donna sa voix, le fit-il pour vous plaire ?
Ou bien, consulta-t-il l'intérêt du pays ?
Le croire est consolant, mais le doute est permis.
Ces campagnards, qu'en vain le patriote raille,
Vous ont-ils demandé le jour de la bataille
A réciter tout haut quelques actes de foi ?...
Ils sont restés muets au milieu du tournoi.
Dès longtemps éclairés par la raison publique
Ils savent ce que vaut un drapeau politique ;
Sa couleur, à la cour sujette à varier,
Tient au hasard un peu, beaucoup au teinturier.
Electeurs de bon sens, en vous nommant naguères,
Chacun d'eux, croyez-moi, songeant à ses affaires
Comptait sur votre appui dans un pressant besoin.
Ah ! vous devez frémir... Ce moment n'est pas loin.
De l'intérêt public préoccupé sans doute,
L'un, à travers ses champs, veut qu'on trace une route ;
L'autre, riche appauvri, par cet impôt fatal
Que paie un héritier de droit collatéral
Pour son plus jeune fils, enfant plein d'espérance,
Sollicite une bourse aux dépens de la France ;
Celui-ci, grand ami des loisirs du bivouac,
Veut, pour doter sa fille, un débit de tabac ;
Et cet autre par vous attend une créance
Depuis vingt ans et plus tombée en déchéance.
Le canton voit en vous son fondé de pouvoir ;
Il faut répondre à tout comme il faut tout savoir.

Lise se plaint à vous d'une vengeance corse,
Son mari vous demande une loi de divorce,
Et la beauté du lieu voudra peut-être un jour
Savoir de vous comment on se coiffe à la cour.
  Que de dégoûts, mon Dieu ! quelles tristes misères !
A vos pieds est rivé le boulet des galères ;
Vous, simple député, de par les électeurs
Vous voilà donc aussi sur un banc de douleurs !
En contemplant vos traits et vos regards sinistres,
Je vous plains presque autant que je plains les ministres.
  Mais que deviendrez-vous, si deux ou trois emplois
Sont tout-à-coup vacants ? Cent lettres à la fois
Fondront sur vous, mon cher, à l'instar de la foudre.
Que faire alors ? à quoi faudra-t-il se résoudre ?
Ma foi, la tâche est rude, et grand est l'embarras,
Trois places à donner à deux cents candidats ! !
Quand les droits sont égaux la justice balance.
Montrez-vous donc prudent ; rappelez-vous qu'en France
L'art de solliciter a fait de grands progrès :
Voyez, comptez les noms inscrits sur les placets !
Les électeurs entre eux se font la courte-échelle
Et forment un contrat d'assurance modèle,
Moyen ingénieux récemment inventé
Pour mettre à la torture un loyal député.
De vingt, de trente amis voilà la signature !
C'est un mandat tiré sur la chambre future,
Et sous l'heureux pouvoir dit représentatif,
Ce mandat est le seul qui soit impératif.
  Sur ces bancs enviés et maudits tout ensemble
Trouvez-vous le bonheur, dites, que vous en semble ?
— J'entends votre réponse, et je comprends, mon cher,

Qu'un tel siége à ce prix est acheté trop cher.

Poursuivez donc ailleurs votre douce chimère.
Si, pour l'atteindre, l'or vous paraît nécessaire,
S'il faut, pour la saisir, mener un train d'enfer,
Sans crainte lancez-vous sur les chemins de fer.
— Trois sont bons, direz-vous, le reste est détestable...
— Eh! choisissez vos mets quand vous êtes à table,
Ou plutôt, car ici je m'abuse vraiment,
Mettez sur chacun d'eux un pied résolument;
Tous n'aboutiront pas aux mines du Potose,
Mais tant qu'ils sont à faire ils valent quelque chose,
Et c'est là l'important. Il en est de ceci
Comme de tout, hélas! et l'homme est fait ainsi :
Il ressemble à l'enfant qui laisse, a dit le sage,
Mourir, faute de soins, une fauvette en cage,
Pour suivre dans son vol l'ignorant passereau.
Ce que l'on a déplaît, ce qu'on desire est beau.
Du bonheur vous voyez encore ici l'image;
C'est un trait que, pour vous, je saisis au passage;
En me laissant aller au gré de mon humeur,
Je rappelle une fable à propos de bonheur,
La pente m'entraînait. Je reviens à mon thême,
Ce siècle a su résoudre un étrange problême,
En deux mots le voici : *tirer des monceaux d'or
De baguettes de fer qui sont à fondre encor.*
Vous pouvez, en sortant de l'ornière commune,
Sur les rails, en six mois, voler à la fortune,
Le système est fort simple et surtout amusant :
Vous vendez l'*avenir* et palpez le *présent.*
Quant au moment d'agir c'est un secret, peut-être.
Je ne sais; mais, banquier, vous devrez le connaître.

Enfin, vous voilà riche, au gré de vos desirs,
Dans votre hôtel en foule accourent les plaisirs ;
Vous avez des laquais, un brillant équipage,
Et de nombreux amis de retour de voyage.
Le bonheur tant cherché marche-t-il sur leurs pas,
Tous ils vous le diront, vous ne les croirez pas.
A l'heure où cesseront vos fêtes somptueuses,
Leur fol enivrement, leurs voluptés menteuses,
Tout fuira devant vous comme a fui le passé ;
Vous vous réveillerez le cœur morne et glacé.
Si, pour vous dérober à cette servitude
Qu'impose la richesse et que la multitude
Envîrait moins sans doute en la connaissant mieux,
Seul, à pied, sans valets bavards et curieux,
Vous allez visiter vos champêtres demeures,
Essayez, mon ami, d'utiliser vos heures,
Aux pauvres, sur la route, et sans songer à rien,
Pour vous désennuyer, faites un peu de bien.

Je sens qu'à votre tour, si ce conseil vous blesse,
Vous pourrez m'accuser de blâmer tout sans cesse,
D'avoir l'ame malade et l'esprit prévenu,
De prononcer sur tout sans avoir rien connu ;
Ajouter que je joue un rôle détestable,
Enfin me renvoyer au renard de la fable.
— Fort bien, et je l'avoue avec simplicité,
Non, la fortune encor ne m'a point trop gâté.
Mais l'exemple d'autrui suffit pour rendre sage,
De nos jours, on répète en vain ce vieil adage:
Qu'un sot devient heureux sitôt qu'il a de l'or,
Moi, je dis qu'un sot riche est bien plus sot encor,
Et, sans être savant en semblable matière,

Je réponds, retournant la fable à ma manière :
Le renard, c'est le cœur qu'ici-bas tout aigrit,
Le bonheur, le raisin qui jamais ne mûrit.

Je voudrais m'arrêter dans la recherche vaine
D'un bien qui fuit toujours devant la race humaine.
Mais à ces mots, déjà votre mauvaise humeur
Se fait jour, et vos traits expriment la douleur.
Vous m'accusez tout haut d'être un peintre infidèle,
De tracer mes tableaux d'après un faux modèle,
Ou, guide dangereux, de diriger vos pas
Vers des lieux où je sais que le bonheur n'est pas.
Cédant même à l'espoir dont votre ame s'enivre,
Vous m'indiquez du doigt le sentier qu'il faut suivre.
Ce sentier m'est connu : ses bords semés de fleurs
Ont depuis trois mille ans séduit les voyageurs.
Vu sous un demi-jour et dans la perspective,
Il plaît aux yeux, au cœur et rend l'ame attentive ;
Admiré sans partage, ou blâmé sans pitié,
C'est un sentier battu que j'avais oublié.
J'en demande pardon au dieu du mariage.
Pour expier nos torts, entrons vite en ménage.
Prendre femme, à votre âge, est un parti prudent,
Qui sait? là le bonheur peut-être vous attend !

Je n'ai point, grace au ciel, de goût pour la satire ;
Je pourrais, mon ami, si j'aimais à médire,
Clignant, dans l'avenir, les yeux pour y mieux voir,
Vous dire, c'en est fait.... soyez heureux.... bonsoir.
« Le lien conjugal est pour moi l'arche sainte,
C'est être criminel que d'y porter atteinte,
C'est du moins être ingrat. Mon imprudente main
Ne touchera jamais au voile de l'hymen. »

Et retenu, d'ailleurs, par la peur salutaire
De passer à vos yeux pour un vil plagiaire,
Jetant loin ma palette et brisant mon pinceau,
Je vous dirais : allez, et relisez Boileau.
Je ne le dirai point, et je confesse même
Que cet auteur cruel insolemment blasphème.
D'un sexe aimé toujours, toujours calomnié,
Du mal qu'il dit je crois à peine la moitié.
Avec tant de fureur s'il médit de la femme,
C'est que le ciel, dit-on, avait privé son ame
De ce rayon divin, souffle médiateur,
Qui contre le péché désarme le pécheur.
Je ne m'abrite pas sous une telle excuse,
Ma muse en rougirait. Pour l'auteur qu'on accuse,
Je veux être indulgent : son siècle l'a blâmé,
Il fut assez puni de n'avoir point aimé :
Ce triste souvenir fait tomber la critique.
Revenons au tableau du bonheur domestique.
Rien ne marche aujourd'hui, mon cher, comme autrefois,
Tout est changé, nos mœurs, nos usages, nos lois.
Le siècle imprime à tout une nouvelle allure ;
Il triomphe de tout, hormis de la nature
Pourtant, qui suit pour nous son immuable cours.
Le printemps est encor la saison des amours ;
L'oiseau redit ses chants ; sur les fleurs les plus belles
Le brillant papillon repose encor ses ailes ;
La taupe n'y voit goutte et les muets sont sourds ;
L'époux était jadis ce qu'il est de nos jours ;
Le vieillard amoureux et toujours ridicule.
Le sot est resté sot et le peuple crédule.
Comme jadis on voit des nobles orgueilleux,

Des riches insolents, des pédants ennuyeux,
De modernes Pradon habillés en poètes,
Les fats présomptueux et les femmes coquettes.
    Ce dernier trait ne peut vous blesser, mon ami ;
C'est un défaut charmant, car l'amour endormi
Sous le poids d'un bonheur dont la source est tarie,
Se réveille à la voix de la coquetterie,
Et, sans elle, le monde accablé par l'ennui,
S'il n'eût péri jadis, périrait aujourd'hui.
Dans la femme, le ciel, pour nous toujours propice,
Sut l'unir à l'esprit, à la grace, au caprice.
Mélange précieux, assemblage charmant,
Qui ravit tour à tour et l'époux et l'amant !
    Vous n'êtes plus amant, mais époux raisonnable.
Vous voilà marié.... Votre femme est aimable,
Elle est jeune, elle est belle, et.... pendant un grand mois,
Vous ferez oublier les romans qu'autrefois,
Pour se distraire un peu, fille sage et discrète,
Elle aimait chaque soir à relire en cachette.
Vos deux cœurs, dans un chaste et mutuel aveu,
Goûteront les douceurs qu'on goûte au coin du feu.
Mais un bonheur tranquille est, dit-on, monotone ;
Votre femme a vingt ans ; vous marchez vers l'automne,
Les travaux sérieux remplissent vos desirs ;
Les siens sont de son âge, elle aime les plaisirs.
Que faire ? Oserez-vous interdire les fêtes,
Les spectacles, les bals et braver les tempêtes ?
Je vois alors l'épouse esclave de l'époux.
    — Vous me répondrez : Non. L'esclave alors c'est vous.
Choisissez. Si pourtant, par goût, par habitude,
A ces plaisirs bruyants vous préférez l'étude,

Vous le pourrez encor. Par un simple traité
Vous conservez vos goûts, elle sa liberté.
De vous quitter le soir, elle aura quelque peine....
Mais voyez.... Le repos lui donne la migraine ;
Son docteur la prescrit, le bal la distraira ;
Vous l'accompagnerez, on la ramenera.

Mais est-ce tout, mon cher, que d'être aimable une heure,
De quitter pour sa femme un instant sa demeure,
Et, simulant l'amour sans cacher le devoir,
La prendre par la main et la jeter le soir
Le cœur ému déjà, jeune, belle, attrayante,
Au milieu des plaisirs d'une fête enivrante ?
Non, l'époux dont le front commence à grisonner,
S'il mène au bal sa femme, il doit la ramener.

Mais je veux éloigner de moi toute querelle.
J'avoûrai donc, mon cher, qu'aussi bonne que belle,
Votre épouse est un ange, et que pour vous le ciel
Plaça dans ce corps d'ange un cœur pétri de miel.
D'un voile d'ignorance encore enveloppée,
Elle ne connaît point la femme émancipée ;
Vous plaire est son desir, vous aimer est sa loi ;
Elle file et tricote et croit de bonne foi
Que l'enfant, pour marcher a besoin de lisières.
Elle étudie en vain ce siècle de lumières,
Et voudrait vainement imiter aujourd'hui
Ces brillantes beautés qui marchent devant lui.
Ces femmes, dictateurs de la littérature,
Qui n'aiment que les mœurs peintes d'après nature,
Se plaisent avec Sand, Balzac, Soulié, Dumas,
Commentent les romans lorsqu'elles n'en font pas.
Mais qu'elle est loin surtout de la femme expansive,

Genre encore incompris ! la femme sensitive,
Qui vit par le cerveau, rêve amours, blonds cheveux,
Abîme, immensités, sombres drames, ciels bleus,
Respire par les nerfs, prend en pitié la terre
Et l'homme infortuné qui boit, mange et digère,
Marche languissamment, et, d'un air langoureux,
Promène dans l'espace un regard vaporeux,
Se pâme au souvenir d'une brûlante flamme,
Sent chaque jour s'éteindre et s'exhaler son ame,
Cherche l'émotion jusque dans la douleur,
Et meurt, pendant vingt ans, d'un anévrisme au cœur.
Non, elle ne sait rien de toutes les merveilles
Qui frappent tour à tour nos yeux et nos oreilles.
Depuis cinq ans le siècle a fait tant de progrès
Que tout est confondu, Chinois, Russe, Français.
C'est en vain qu'on lui parle une langue étrangère,
Elle revient toujours au vieux vocabulaire.
La *lionne* est encore pour elle un *animal*,
Le *galop* signifie *allure* du *cheval*,
De ces airs en *olka*, dont son sexe raffole,
Que l'on ne chante pas, mais que l'on caracole
Et qui prennent, dit-on, leur source au Kamtschatka,
Elle n'a retenu que la finale en *ka*,
Et persiste à penser que, de nos jours, en France
Comme autrefois encor avec les pieds on danse.
Elle sait tout au plus, aux accords d'un archet,
Figurer gravement le grave menuet.
    Prenez garde pourtant ! Il ne serait pas sage
De croire désormais à des jours sans nuage.
Le ciel n'apparaît pas toujours d'un bleu d'azur,
Le lys toujours en fleur, le ruisseau toujours pur.

Si, souvent, l'hyménée a des chants d'allégresse,
Il a parfois aussi des accents de tristesse.
Là, comme ailleurs, mon cher, combien d'espoirs conçus
La veille ou le matin, que le soir a déçus !
Heureux quand loin de nous l'illusion s'envole
Si la réalité qui reste nous console !

Cet adorable enfant si gracieux, si beau ,
Qui déjà lit Virgile au sortir du berceau,
Dont la raison étonne et l'esprit vif pétille,
Ce trop précoce orgueil de toute une famille
Que son heureuse mère élève avec amour,
O rêves décevants ! que sera-t-il un jour?
Il sera cet enfant, si j'en crois la Sibylle,
A sept ans un génie, à vingt un imbécile.

Je ne vous parle point de ces calamités
Que Dieu mit en regard de nos félicités ;
De ces maux qu'à sa suite amène la vieillesse,
De l'inflexible hiver dont la marche nous presse,
Et qui, sous les longs plis de ses chauds vêtements,
Ne couve plus pour nous les germes du printemps;
Mais je vois l'avenir et son triste cortége...
Une foule de maux sans cesse nous assiége.
Demain, si par hasard le catharre a cessé,
Par la pierre ou la goutte il sera remplacé.
Si vous êtes un jour atteint d'un rhumatisme,
Fussiez-vous né, mon cher, au sein du stoïcisme,
Vous croirez que le mal ressemble à la douleur,
Et vous répéterez : où donc est le bonheur?

Je vous l'ai déjà dit : nulle part, sans mélange.
Mais lorsqu'à nos côtés le ciel a mis un ange,
Comme il met, au désert brûlé par l'équateur,

Une source d'eau vive au pied du voyageur,
Lorsque dans vos regards cet ange cherche à lire,
Sa voix à consoler, sa bouche à vous sourire,
Son bras à vous guider ; quand sa prudente main
Ecarte de vos pas les ronces du chemin,
Semant sur votre hiver quelques fleurs de l'automne ;
Soyez heureux alors des jours que Dieu vous donne.
Pour deux cœurs réunis contre un même danger,
La vie est moins amère et son poids plus léger.

    Fuir le bruit et l'éclat, le monde et ses entraves,
De la fortune assez pour n'être point esclaves,
Pas assez cependant pour payer des flatteurs ;
Un ami, s'il se peut, un verger et des fleurs,
L'étude, le travail, une femme bien chère,
Des enfants élevés sous les yeux de leur mère,
Dont l'esprit et le cœur à la vertu formés
Vous rendent en épis les grains par vous semés ;
Voilà, mon vieil ami, la source la plus pure
Du bonheur échappé des mains de la nature.
Ecartez loin de vous ces rêves enchantés
De bonheur éternel et de félicités,
Chimère que poursuit, présomptueuse et vaine,
Depuis quatre mille ans la pauvre espèce humaine.
Non, ce bonheur profond, sans limite, absolu,
Qu'autrefois j'enviais, que vous avez voulu,
Que sans doute l'hébreu sous les pas de Moïse
A cherché sous le nom de la terre promise ;
Cet immense bonheur que tout homme a rêvé,
Il n'est point ici-bas : Dieu se l'est réservé.

        Janvier 1845.

www.ingramcontent.com/pod-product-compliance
Lightning Source LLC
Chambersburg PA
CBHW070913200626
46818CB00006BA/2506